빙하는 왜 푸른가

서대선 시집

문학세계사

경칩 가까운 둔덕,
잔설을 헤쳐 보면
노란 복수초 꽃도, 생강나무 꽃도,
아지랑이도,
봄동 겉절이 한 입 입에 넣어주시던 내 어머니도,
오고, 또 오고들 계신 걸 알 수 있다.

봉쇄수도원 사람들에게
봄 기별을 전할 수 있다면
얼마나 좋으랴.

2019. 봄. 서 대 선

□차례

1

2

3

4

1

탁본拓本

네
위로
나를 포개어 보는
먹물에 흠씬 젖어
네 위에 엎어져 보는
팔만대장경
혹은
월인천강지곡 같은
사람.

이끼

꽃이 아니면
어때,

천수관음
천 개 손 뻗은
나무 아니면
어때,

그대
언 발
감싸줄 수만 있다면‥‥

아기 똥

하얀 기저귀 안에
아기가 내놓은 선물
경단 같기도
금빛 메추리알 같기도 한
아기 똥

엄마 젖 맛나게 빨아
먹더니
침을 섞어 반죽하고
조그만 위 속에서
주무르고 비벼
필요한 것은 제 속에
간직하고

알뜰도 하지
물기는 꼭 짜서 오줌 만들고
남은 재료 모아 둥글게
빚어 만든 솜씨

엄마가 받은 경단 같은

아기 똥

양 말고

잠이 오지 않는다고
키워보지도 않은
양들만 세지 말고

방 한 귀퉁이
검은 보자기 밑에서
엄마 손길 닿으면
음표가 되어 제 노래를
만들던 시루콩도 있고요

해질녘 멍석 깔린
마당에서
아버지 도리깨질에 통통
튀어 오르던 고소한
들깨 씨앗도 있어요

두근두근 마음
들킬까 고개 숙인 채

보조개가 귀여운 그 애 손 안에
수줍게 떨궈주던 코스모스
씨앗은 어때요

그래도 잠이 오지 않거든
억지로 삼키는 알약 대신
엄마 사랑 가득 품고
내일 아침 식탁에 오를
밥그릇 속 따끈한 밥 알갱이들
식구 밥그릇 수만큼
모두 세어보면 어떨까요

품

나무는 팔짱끼지
않는다

팔꿈치를 올리고
어깨를 젖히며
상대를 제압하려 하지
않는다

나무는 팔짱끼지
않는다

몸을 둥글게 말아 제 가슴만
움켜잡은 채 자기 연민에 빠지지
않는다

쉬익 쉬익 북풍이
폭주족처럼 달려들어도
사춘기 아이 토닥여 주듯

그래 그래
같이 흔들려 준다

눈 내린 새벽
시린 발 한 쪽씩 털며
먼 들판을 바라보는
겨울새를 위해
나뭇가지를 조금
기울여 준다

시절 인연들 바람처럼
떠나가면 두 팔을
활짝 벌려 하늘을
안아준다

누가 있어서

친구도 없고 친척도 없는
시골생활 누가 있어서
마음 붙이고 사느냐지만

부글부글 끓어 넘치는 잡탕
같은 세상일에 마음 한 자락 데인 채
천천히 뒷산을 오르면 너럭바위가
불러 세운다 너럭바위 위에
화상 입은 마음 얹으면
상처밴드처럼 참나무 이파리 하나
툭 떨어뜨려 준다

장마 뒤끝처럼 눅눅하고
곰팡이 핀 시간의 갈피마다 알을 깐
슬픔이 비문증을 물어 날라
자꾸 눈을 비비고 빈손을 휘젓는데
지상의 한 달을 천 년으로 살아내는 매미가
여름 햇살을 목백일홍 속으로 쟁이는 날

칠 년은커녕 칠십 분도 참아내지
못하는 내 모습 포쇄曝曬하러
마당으로 나선다

이젠 정말 참을 수 없다고 주저앉아
감정의 물속에서 허우적거리는데
연못 속 내 얼굴 위로 물 한 방울 젖지 않은
소금쟁이들이 걸어다닌다
고개를 젖히고 하늘을 보니 광막한
우주공간 헤아릴 수 없는 은하계 중 하나인
우리은하계 속 창백한 푸른 점 지구에 먼지 같은
참을 수 없는 존재의 가벼움*이라니

누가 있어서
친구도 없고 친척도 없는 시골에
사느냐지만 묻지도 따지지도
않고 참을 수 없는 날
참아주는 이웃들이 있어서

텃밭 닮아 가는 마음
한 자락 호미질 하다 보면
개밥바라기별이 뜨고 길고양이가
새끼들과 함께 현관 앞에서
기다리고 있다

* 밀란 쿤데라의 글 인용

헛헛한 날

지상의 모든
아궁이마다
가마솥을 걸고

한 마당에 둘러앉아

따끈한 고봉밥
서로서로 권하고 싶다
먼데서 찾아오는 허기진 이들
두 손 잡아 맞아들여
음식 나누며

밥 짓는 연기 오르는
지상의 모든 굴뚝들
취타대를 만들어
희망가를 노래하고 싶다

소금꽃

깊은 산속
길도 없는 바위 고개
노루새끼 가무레한 주둥이로
아랫배를 톡톡 밀더니
달게 한 모금 먹고 간다

노루 발자국 산등성이
넘을 때 산토끼 깡충
뛰어들어 기다란 귀를
쫑긋거리며 마음 좋은 동네
어미젖을 얻어먹는다

불었던 보오얀 젖이 넘쳐
바위 위에 진 얼룩
밥풀처럼 붙어 있다

노루귀꽃

눈도 지워지고
입도 지워지고
팔도 다리도 지워지고
젖가슴도 지워지고
등허리도 지워지고
묵정밭이 된 엄마

귀는
듣고 있다는 믿음
하나로
간절을 물고
엄마 귀에 입술을
비빈다

엄마, 엄마, 엄마……

엄마 귀 속에
어린 딸의 기도꽃

피는 날
엄마의 묵정밭에도
노루가 올까요?

꽃다지

눈 내린 새벽

남의 집 살러가는
열두 살 계집아이
등 뒤로

눈 속에 묻히는
작은 발자국

멀리서 대문 닫아 거는 소리

흔들어 깨울 때까지

다른 밭에서 거둔
혹 같은 어린 것들
주렁주렁 매달아 주어도
싫은 내색 한번 없고
첫날밤 지나자 밖으로만
돌던 남편 미워도 않고
똑 소리 나는 살림 솜씨
시부모 사랑 독차지했건만

운주사 산꼭대기
천 년을 나란히 누워 있는
와불 앞에서 그만
감나무 부러지듯
주저앉아 단 한 번만이라도
서방님 팔베개 베고

일어나거라
일어나라니까

시어머니 불호령이
흔들어 깨울 때까지

정답고도 달콤하게
서방님 곁에서 잠들어 보았으면
흐느끼던 큰엄마

발아 發芽

함께 걸어요, 어머니

한 손엔
찰랑찰랑 넘치는
세상 이야기 한 동이 들고
우리 함께 걸어요
저 들판 한 가운데
서 있는 나무까지

싹 틔우는 걸 잊었다고, 어머니
죽은 건 아닐 거예요
말을 잃어버린 어머니가
벙어리가 아니듯이

앙상한 나무 아래 앉으세요, 어머니
물뿌리개처럼 입술을
내밀어 찰랑찰랑
세상 이야기 어머니 발 아래

부어드리겠어요

이야기 길 따라
웃고, 울고, 슬프고, 기쁜 날들
함께 걷다 보면
어머니랑 싹도 못 틔운 나무랑 서로
마주 보며
옹알이 할 수 있는 날
오지 않을까요

너의 한쪽 다리가 되어

불면과 신경안정제를 삼키며
신생의 말들을 찾아
푸른 돌에 이마를 찧는 사내

낡은 자켓 주머니 속
신경안정제 알마다
삐그덕거리는 불면의 말들

불면으로 갉아 낸
뼛속마다
다리가 세 개뿐인 말발굽 소리

절룩거리며
말들의 사막을 짊어지고
캄캄한 우주 건널 때

칸델라를 든 외눈박이 마음
다리가 세 개뿐인 너의 한쪽

다리가 되어
은하수를 건넌다

엉겅퀴꽃

솔기 터진 사랑
찬찬히 꿰매어 줄
바늘귀라도
보인다면

벗어
줄래?

멍과
상처 엮어 만든
네 가시옷

내가 입고
살게.

눈길

내닫는다
불의 심장

암흑물질*을 뚫고
눈 깜짝 할 사이

너의 궤도로 진입한
신생의 별 하나

*우주 전체 물질의 84.5%를 차지하고 있으며,
보이지 않으나 중력적 상호작용만 하는 물질.

첫 키스

번개다
천둥이다

벼락을
삼켰다

2

입춘

찌르르
가슴에 젖이 돈다

잠결에도

입을 오물거리는
어린 생명 하나
가슴에 안겨 오는
밝은 양지.

웃다

화엄사
흑매 보러 갔었네
높은 가지 끝 겨우 두어 송이
고개만 외로
꺾고 있었네

각황전覺皇殿 오르는
돌계단 돌 틈새
좁은 틈을 비집고 나온
풀꽃이 있었네

꽃 보다가
나도
싱긋
웃었네

마른 꽃

길거리
때 묻은 아이들
집으로 불러들여
잠자리 비워주고
밥그릇
고봉으로 얹어 주시던 아버지

기술 가르쳐
떠나보내며
뒤돌아보지 말라 당부하시던
아버지

박씨 하나
물고 오기는커녕
일자 소식 없는
머리털 검은
짐승은 거두는 것
아니라는 친척들의 지청구를

호박 구덩이 거름으로 묻던 아버지

세상 일 밀치고
어느 날 문득 찾은
내 아버지 빗돌 앞에
누군가
놓고 간
마른 꽃다발 하나.

용서

마음
한번
고쳐먹으면

못 담을 것 없는
마음단지

너는 아니다

네 울음은
소음이 아니다

네가 다듬어 가는
가을 소리 들으려
모든 불 끄고
거실 소파에 누웠는데

위이-잉 냉장고 돌아가는 소리
반디불이도 아니면서 푸르스름한
빛을 달고 있는 티비 세톱박스
하루 종일 여닫히던 문짝들이
등허리 펴는 소리
소파에 누운 내 마음 앓는 소리

컴컴한 마루 한 귀퉁이를
성큼성큼
지나가는 귀뚜라미 너는

아니다 네 울음은
삼베 적삼 옷고름을 흔들어
주고 가는 등잔 불빛 같은 것

범종이 울면

방금
탯줄을 자른
신생아
두 발목을 쥐고
거꾸로 치켜든다
커다란 손을 쫘악 펴서
도톰한 엉덩이를
찰싹
때린다

으앙, 으아앙 ~~~

범종이 울면
부모 마음을 지닌
생명들
귀가
밝아진다

풀어내다

거북아 거북아 금월봉 돌 거북아*
굵은 밧줄에 묶인 채
두 눈 부릅뜨고 거꾸로 매달린 돌 거북아
엎어지며, 고꾸라지며
날개 꺾이고 다리 묶인 속울음을
풀어내 보자

금월봉 바위 금빛 달도
제 살을 베어 먹이며 소원 빌어주는 밤
꺾인 자, 묶인 자들 금월봉을 기며 돌며
지상의 설움 한 매듭씩 풀어내면
날아라 거북아 돌 거북아

거북아 거북아 금월봉 돌 거북아
밧줄 풀어 헤치고 날아오르는 날
곱사등이 허리 펴고 앉은뱅이 다리를 펴리
이것은 혹이 아니라 세상이 꺾었던 날개이니
이것은 잠들었던 다리가 아니라

44

묶였던 무릎이니
절망의 밧줄 떨치고 일어나리
두 눈 부릅뜨고 일어서리
두 팔을 높이 들어 캄캄한 지상에
봉화불을 올리리

* 충북 충주 청풍 금월봉에 있는 돌 거북

대나무꽃 필 때까지

자지러지는 매미소리 짓이기며
붉은 깃발들이 마른번개로
대문을 내리치던 날
장가도 못가 본 아들은 보리쌀 가마니 지고
여드름이 열꽃 같던 막둥이는 감자 자루 메고
산 속으로 산 속으로 지워져 갔는데

엎치락뒤치락
깃발들이 바뀌고
살쾡이 같던 발소리
능선을 넘어간 후
죽창에 난자당한 두 아들
깊은 계곡 산그늘 되었다는 소문만
무성한 날부터 새벽이면
쌀밥 지어 뒷산 대나무
밑에 놓아두고

뭘 죄여

뭔 죄여

붉어진 눈시울로
대나무 마디 마디
쓸어주셨던
우리 할머니

쪽잠

보름달 주변을
서성이며
둥근 꿈을 꾸는
달무리

토란잎에 누워
우주를 품어보는
새벽 이슬

야간 경비 마치고
흔들리는 귀가 길
버스 속 고단하게
흘러내리는
주름진 턱

자드락길 끝에서

타닥타닥 청솔가지 몸을 뒤척이듯
저녁노을이 우주의 아궁이마다
불을 잦히는 시간
아궁이 속에선 화르륵 화르륵
푸른 학의 한쪽 날개가 들렸다간
긴 다리 사이로 날개를 접으며
아궁이 속으로 불을 끌어 들인다

가마솥 안에선 은하수 별들이
뽀르륵 뽀르륵 끓고
하얀 종지 안에선 달무리를 데리고
노오란 달이 달걀찜처럼 익고 있다

타박타박 돌아올 고단한 오늘을
기다리는 높은 산 푸른 이마에
샛별이 누이처럼 등불을 들고
동구 밖을 내다본다

바람 불어와

굴참나무 가지에
꾀꼬리가 앉아 있다.
안단테 안단테
굴참나무 이파리가
흔들리거나 뒤집히면서
꾀꼬리 노래를 듣는다
황금 거미들이
반짝반짝 떨어져 내린다

연못 속
붕어들이
물속으로 하늘을 잡아당긴다

하르륵
꽃잎 하나 떨어져 내린다

인동 덩굴 속에 파도소리 가득하다

일 년에 딱 한번
우주속 행성들이 물길을 내어
사랑을 깨워 주는 그 칠석날
백팔번뇌 지고 온 중생들이
연꽃 속에 짐을 부려놓고
미리내 파도소리를 듣는 밤
스님이 치는 범종소리도 섞여
몸도 마음도 눈도 귀도 입도
마알갛게 씻고는
돌아가곤 하였는데

절도 버리고
들판에서 연꽃마다
눈을 달아 주시면
겨울에도 수련은 눈뜨고
수련 위로
잠자리가 날아오르는 곳
수련 이파리엔 중생들이 내려놓은 마음들이

밤새도록 업을 씻어내고 있다
밤에도 눈뜨는 수련 위로
달 비늘이 마음을 닦는 시간
메마른 마음의 들판으로
미리내 물길이 흘러들고 있다

안부

까치밥으로 남겨진 사과
하현달 입술에
붉은 마음 얹고
지상으로 뛰어 내린다

사과 꽃향기 가득한
하현달 입술로
건네준 네 숨소리
그믐밤 뒤집어쓰고
앓고 앓았다

달. 달. 달
굴러 간다
붉은 마음

오늘은 네게
하현달 하나 보낸다

보금자리

가파른 절벽도
산양에겐 안전한
보금자리

허공도
거미에겐
성찬 가득한
보금자리

바람 부는 들판도
풀벌레들에겐 포근한
보금자리

어딜까

그리운 것들이
잠들 수 있는
보금자리는

그럼에도

괜찮아
매일 손잡아 주지 않아도

괜찮아
드나들 때마다
쳐다봐 주지 않아도

네가 문 안에 있을 때나
문 밖에 있을 때
네가 통과해야 할 벽과
드나들어야 할 문 사이에서
벽과 문을 이어주는 경첩이 되어

네가 드나들 때마다
두 팔을 벌렸다 오므리는
내 마음의 수신호

알아보지 못해도

괜
찮
아

3

옹이

태풍의 눈이 된
슬픔이
고요한 순간

사랑섬에서 쏘아
올린
불발탄.

백 허그back hug

상청喪廳에 두었던
등잔
꺼내어 등피를
닦는다
검은 심지를 고르고
불을 붙인다

어둑한 방에 어른거리는

옷고름
풀며 뒤돌아
앉은 보오얀 등
가만히 그러안고
목덜미에
입 맞춘다

붉어진 심지
품은 연꽃 봉오리

가슴에

연비聯臂 새기는

밤

빙하는 왜 푸른가

널 그리는 마음
빙하에 묻어두고

만년 설산
벼랑 끝
봉쇄수도원 되어
입도 지우고
귀도 지우고
몸도 지우고
형형한 눈으로
백만 광년 달려온
별 하나 하나마다
네 이름을 심으리

혹,
어느 날
빙하 속에 묻어 둔 내 마음도
푸른 싹이 돋는다면,

별들마다 심어둔 네 이름
눈을 뜬다면,
봉쇄수도원 돌벽 어디선가
조그만 문도 열리리
배냇말로 첫 세상을 만나는 아기처럼

불러보고 싶어라
네 이름

눈시울을 붉히다

블루 마운틴*
두 손으로 감싸 안고
머그잔 속
쓸쓸한 사내의 숨소리까지
깊이 마신다

허파 꽈리마다
만월의 달이 솟고
우, 우, 우
어디선가
짐승도 우는 데,

푸른 설산 하나가
무너지는지
무너진 산 하나가
다시 사람을 일으켜 세우는지
다시 일어선 사람
야생의 짐승 데리고

떠나고 있는지,

저물녘
블루 마운틴 데불고
먼 길 가는 사내 하나
가물가물,

        * 커피 제품 이름

장애물

수도사가 되려는 청년이
속세에 남긴
고양이 안드레아
빈 창고에 자리를 정하더니
철제 앵글 꼭대기 한 귀퉁이에
고요히 웅크리고 있었다

창고 문을 열어 놓았지만
밖으로 나오지 않았다
가끔 열린 창문으로 밖을
내다보기도 하였다

목을 한껏 꺾어야 보이는
몬세라트* 절벽 수도원을
오르는데,
수도사들은 죽어서야
땅으로 내려 왔다고 했다

고양이 안드레아가
열린 창고를 나오지 않는 것도
오지 않는 제 주인을
기다리는 간절함의 절벽
끝에 웅크리고 있었기 때문이리라
간절함이 깎아낸 높이는
장애물이 될 수 없다

수도원 가는 절벽을
오르며
내 안의 절벽 하나
깎아 세운다

* 스페인 바르셀로나에 있는 수도원

그늘

응달쪽 둔덕
목에 걸린
찬밥 한 덩이 같은
눈 뭉치
사월이 와도
흙 위에 웅크리고 있네

그리움은 북쪽
사철 그늘져
녹지 못하는 눈뭉치
언 가슴 위에
웅크린
이 질긴 그늘

눈꽃

걸어서 갈 수 없는 길
날아서 가리

그리움이 길을 낸
하늘 구만리

네 눈 속에 사뿐히
날아들어 화안하리

네 마음의 가지
끝에 날개 접은
흰 나비

긴 이별, 짧은 편지*

깊은 밤

폭설 속
소쩍새

도모지** 사랑아

* 페터 한트케 소설 제목에서 차용
** 얼굴에 물을 묻힌 창호지를 겹겹이 발라 질식사시키는 형벌

갇힌 사랑의 노래

생각만 하면
너를 생각하면
신경 사이를 떠다니던 양전자와
음전자가 경련을 일으키지

자음 모음들이 신경의 실타래가
방전된 전선에 걸려
빠지직빠지직 검은 연기를
내며 불꽃을 일으키는 거야
언어를 관장하는 뇌 부위
두꺼비집 퓨즈가 펙 하곤
나가버리는 거야

그리움이라는
감정에 유독 허약한 절연체
때문에 방전된 전류가 근육과 신경에
분홍신을 신기는 거야
정신은 말똥한데 멈추지 못하는 발레리나가

된 근육은 그리움이란 단어를 찾아내려
허공을 떠돌고
합선된 신경들은 검은 연기 속에서
자음은 모음을 모음은 자음을 알아보지 못하지

혀가 꼬이고 방전된 전류에 달라붙은
팔과 다리는 끊임없이 분홍신에 끌려 다니지
몸의 언어는 절박하지만 간호사는
담담하게 혀를 깨물어 잘리지 않도록
뽀드득 뽀드득 이를 가는 치아
사이로 수건을 밀어 넣어
혀를 목구멍 쪽으로 가두어 주는 거야

머리 속에선 네가 웬디 워홀의 그림처럼
무수히 복제되고 간신히 찾아 낸 단어가 늘어진
릴테이프처럼 돌아가지
스스--ㅅ-ㅏ-아--ㄹㄹ-라-ㅇㅇ..ㅎㅎ..
갇힌 혀 속에서 엉긴 단어가 입

가장자리로 흘러내리고

사그라지는 불더미에서 검은 연기 따라
돌아온 지상

예리한 바늘이 되어 쏟아지는 빛의
감옥에서 힘겹게 눈을 뜨면
검게 불타오르던 화염의
머릿속을 진화시킨 눈물이
쿨컥 쿨컥 펌프질을 시작하는 거야

담쏙 안고*

잎을 거야
널

잊어 버릴 거야

내일은
꼭
잊고 말 거야

* 춘향전에서 인용.

너를 채집하다

어항 하나 놓았어

두근거리던 마음
여울목엔
수초가 흔들리네

지그시 밟아 보았어
기억의 사금파리

굴절된 어항 속
네 귀가 가득하다

내 사랑, 내 곁에

서슬 퍼렇다
파랑새

굴참나무 꼭대기
가지 사이
둥지를 뒤로 한 채
엎치락뒤치락
쫓고 또 쫓는
몸짓과 경계의 소리

하늘이

기울어지곤

하였다

불현듯

펑펑
함박눈 쏟아 붓는 날
노틀담의 꼽추처럼 갈망의
종탑에 올라

댕그렁
댕그렁

벙어리종 울리며
퍼붓는 눈송이마다 음각한 내 마음
네 긴 머리칼 한 올 한 올마다 달아주리
조그만 네 어깨에 달뜬 입술도 대어보고
부드러운 네 등허리 등고선마다 주저앉아
벙어리 울음 울리라

흑단 같던 네 긴 머리에도 함박눈 덮이고
척추마다 삐그덕 삐그덕
녹슨 벙어리종 흔들리는 날

불현듯

숨은 그림 찾아내듯
네 척추 등고선마다 숨겨 둔 눈물자국
찾아낼 수 있었으면

외딴집

바위를 갈고 또 갈면
간절한 얼굴이 떠오른다는 이야기

얼어 죽더라도
얼음 위에 댓잎자리 깔아 놓고*
정다운 밤 보내고픈
사랑 노래 곱씹으며

부모도 고향도 버리고
네 혼적 따라 나선 길
네가 보일까, 보일까
갈고 갈았던 눈물바위 속에
살얼음 위로 언뜻 네가
어른거린 것도 같은 날
댓잎 자리 하나 깔아 두고
맨발의 사랑 하나
기다려 보기로 한다

* 만전춘별사(滿殿春別詞) 인용

78

청실홍실

매듭을 짓는 일일까, 매듭을 푸는 일일까

꽃의 매듭을 엮는 걸까
떨어지는 잎맥의 길 풀어내는 걸까
먼데서 풍경이 울고
풍경 밖으로 빠져나가는
아픈 발자국
흔들리는데
휘도는 바람 소리가
기억의 매듭을 묶는 걸까
아린 눈물 닦아내는 걸까

매듭 위에 너와 나
천년을
묶어주는
푸른 실 붉은 실로 태어났으면

수취 불명

지금은 없어진
옛 우체국 마당 무궁화나무 아래
네 마음과 내 마음을 포개어
사랑초를 심었네
꽃 피우길 바랐네

조개 무늬 구름 엷은 하늘가
네 마음 내 마음 겹쳐진 저녁놀이
홍포 절벽에서 뛰어내려
바다 속에 잠기는 시간
휘도는 물살처럼
너를 안고 섬을 돌며 춤추고 싶었지

조그만 텃밭에서
네 등 뒤로 살금살금 다가가
감꽃 목걸이 걸어주고 싶었지
붉은 앵두 한 알
입속에 넣어주고 싶었지

수취 불명의 내 사랑
옛 우체국 마당엔
사랑초 이파리만
고개를 푹 꺾고 있었는데

이별 없는 아침을 위해

다음 생엔
네 엄마로 태어날 거야

아홉 달 동안
미리내를 건너온 너는
우주의 모든 소리 속에서
나를 듣게 될 거야

목마른 연어처럼
불면의 밤마다 귀향의 돛을 올리고
눈물 날 거야

새로운 태양을 광배로 두르고
시간의 사막을 건너
나의 우주로 안착한 네가
으-앙,
으-아-앙,
모르스 부호를 타전하면

가슴을 활짝 열어
젖을 물릴 거야

4

함박꽃 피다

이가 모두 빠진
할머니가
아직 젖니도 나지 않은
아기와
마주 보며
웃는다

함빡

할머니 잇몸도
아기 잇몸도

붉다

밀물 지다

한쪽 젖을 물리니

다른쪽 젖을
움켜쥐는 어린 생명

젖줄마다
보름달 같은 어린것이
펌프질 하면

밀물 지며
출렁이는

엄마의 바다

눈치를 배우다

돌잔치 상 앞에 선 아가야
아장아장 두어 발 걸어서
잔치 상 앞에 선 아가야

선택의 순간이 왔구나

무명실을 잡는다면 아가야
백세 시대라며 고개를
끄덕이며 상 너머 눈길들은 다른 곳을
향할 거야 책과 연필을 잡는다면
등용문에 오른 널 상상하며
웃음 띤 얼굴들 2% 부족한
표정으로 의도한 듯
네 가장 가까운 곳에 남겨진 지폐를
주시할 거야 아가야 네가 잡은
지폐를 욕심내는 얼굴들,
그제야 박수를 치며 잔치 상
앞으로 다가와 수저를 들 거야

꼬까옷 입고 돌잔치 상 앞에서
눈치를 배우기 시작한 아가야
돌잔치 상 위에 놓여진
저 객관식 답안지는
네 꿈을 묻지 않는다

웃는 돌

900살 된 사라*가 웃고 있다
모래 바람 소리만 쓸쓸하던 우물 바닥으로
돌아오고 있는 물
바닥이 젖는다 사막 위로
우물 하나 솟아오르고 있다
양떼들이 돌아오고 있다
푸른 풀 흔들리는 맑은 호수에
구름 양떼 물 마신다
900살 된 돌 자궁에 맑은 물 가득하다

사라처럼 웃고 싶은 여자
어둡고 메마른 돌벽마다 웃음을 입힌다
웃음 뒤안길 걸어온 우주의 역사를
기억의 벽에 새긴다
석순 돋듯 솟아오르는 기도로
온 마음 다해 돌 자궁을 채운다

푸른 시간을 사각사각 갉아먹으며

소리와 소음 사이 침묵과 휴지 사이
밤이면 별들이 타전하는 우주의 비밀과
태초부터 지구를 돌아 온 샘물이 전해주는
이야기로 만다라를 새긴다

돌 자궁 속 맑은 우물 속에서
태동하는 우주의 알
우물 벽에 각인된 만다라
태반을 따라 단비처럼 쏟아지는 웃음

토함산이 웃는다
석굴암 아기 부처가 웃는다

* 구약에 나오는 아브라함의 아내

꽈리를 불다

엄마 젖꼭지를
혀로 굴린다
동그랗게 부푼다

혀 위에 올려놓고
윗니로 콱 문다

아,
아~

벌어진 엄마의 붉은 입술

자꾸만
보고 싶네

술래잡기

꼭꼭 숨어도 걱정되지
않았어요 어머니가 술래면

처음 이사 온 다섯 살
서울 집 골목길
강아지를 따라간 낯선 길

한쪽 버선발이 벗겨진 줄도
모른 채 뛰어 들어
부둥켜안아 주었던 파출소
찾아낼 줄
알았어요 어머니가 술래면

꼭꼭 숨은 어머니
찾아낼 게요, 어머니처럼

세상으로 돌아오는 길
잃어버린 채 잠든 어머니

심장 박동기가 막아서고
산소 호흡기가 얼굴을 가렸어도
머리카락 보였어요 어머니
중환자실 침대 위에서
술래인 딸에게 두 손 꼭
잡혔어요

깨어나세요, 어머니
이번엔 어머니가
술래예요

바나나는 누가 먹었을까

새벽 기도 나섰다
껍질에 미끄러진 여주댁

아버지 노름빚에 미끄러진
열두 살 남의 집 살이
깡보리 누룽지도 허기지던 나날들
껍질만 남은
늙은이 가래침 받아 내며
얻은 품삯
열 배로 불려 준다던 장돌뱅이 사내
개망초 꽃씨 하나 남겨 두고
어느 장바닥을 돌고만 있는지

달콤한 바나나는 먹어보지도
못했건만
껍질만 딴지 걸던 나날들

깁스한 한쪽 발

껍질 벗긴 속살 같다며
마른 눈을 비비는 데……

오로지

프로판 가스통
위에
둥지를 튼 곤줄박이
끼니도 거른 채
알을 품고 있다

폭염의 철탑
위에서
아주 작은 소망 하나
품고
끼니도 밀어내는
새 한 마리

그런 척

듣는 척
하는 척
읽는 척
잘난 척

용케도 넘어가는
그런 척

삶은 말이 없지만
텃밭은
속아주지 않는다
하는 척 하면
호미 끝에서
잘난 척 하는
잡초들

무게의 상대성

아무 이상 없다고 했단다 삼 개월 전까진
삼 개월 동안
어디선가 방류된 무허가 독극물에
오염된 그녀의 젖무덤

탈의실에서 처음 보는 내게 쓰러질 듯
몸을 기울이며 흐느끼는 삼십대 중반의 그녀
흐느끼며 뒤여밈을 푸는 브레지어에서
푸슬푸슬 모래가루가 흩어진다

우물 마른 사막을 갖게 될 여자
암 덩어리를 파버린 젖무덤 위로
방사선 수치가 쌓이게 될 시간보다
아름다운 여성성을 잃게 될 두려움을
더 무서워하는 여자

머리칼 한 올 보이지 않게
흰 모자 눌러 쓰고

유방암 촬영복으로 갈아입는 나를
저의 선배쯤으로 단정하는 그녀에게
정기검진이라고 말할 수 없었다

유방암 촬영 유니폼을 먼저
입은 나는 숨을 고르고
클로버 한 잎 끼워 넣을 정도로
엄지와 검지를 벌리고는 위로 같지도
않은 위로를 손수건처럼 건넨다

흉터는 아주 조금
모양도 예쁘게 수술해 준다더군요

갑작스런 폭우로 불어난 개울
건너듯 탈의실을 나와
유방암 검진 촬영실로 가다가 문득
내려다 본 젖의 무게 때문에

휘청

넘어질 뻔하였다

한계령 계곡에 추운 마음 내려놓다

우리 마을 산 끝자락 묘지기 아저씨
자그만 체구에 말이 없지만
아침마다 영혼들의 안식처를 보살피고
삶도 죽음 앞에서 죽음도 삶 옆에서
무채색이 되는 법을 보여주는
우리 마을 산 끝자락 묘지기 아저씨

젊은이들 도시로 떠나 찬 바람만 굴러다니는
논이며 밭들을 대신 경작하신다
마을에 생기는 자질구레한 일들 도맡아
처리하고도 생색 한번 내지 않는다
시골 살림 서툰 내게
고추 모를 언제 심는지 나무의 열매가 많이
열리게 하려면 어떻게 해야 하는지
나무에 생기는 벌레는 어떻게 다루어야 하는지
월동 준비 갈무리는 언제 해야 하는지
조근조근 챙겨 주신다

추운 마음들이 팔짱을 끼고
쏴아 쏴아 계곡을 오르는 한계령
아득한 계곡 아래 출렁이는 바다가 있을 것이다
오-냐 오-냐 바람도 쉬어 가며 두 팔을 벌린다
춥고 시린 마음들을 감싸 안은 바람
능선 넘기 전 온몸을 풀어 무채색 안개로
계곡을 감싸안는다 봉우리마다 문안 인사드리는
묘지기 아저씨 등 너머로 짙은 안개 속에
한계령 능선이 보였다 사라졌다 하는데

나들이

윤년이 든 해 장마 끝나자
솜씨 좋은 목수 불러
오동나무 관을 짜신 할아버지
병풍 뒤 오동나무 관 모서 두고
가끔 누워 보셨다

"여기가 할아버지 방이야?"
할아버지 조그만 내 손 잡고
얼굴에 거무스레한 얼룩 비벼보게 하셨다
"저승꽃이야. 이 꽃이 활짝 피었다
지면 오동나무 방 속에서 자는 거야"
한 해 반이나 병풍 뒤 오동나무 안으로
나들이 하시던 할아버지

땅 속 깊숙이 오동나무 관이 뿌리를 내리고
허토를 하자
지구 뒤편에서 불어온 푸른 바람 따라
오동나무 자주꽃 나들이 나선다

늦가을에게 듣는 문장

생태공원 들어서니
지난 여름 들끓었던 화려한 수사
모두 비우고
사색에 잠긴 연못 속에
지우개자국 드문 드문 얼룩져 있다

벚나무 기둥을 끌어안은
딱따구리 뾰족한 연필심으로
톡톡거리며 지난 봄날 기억했던
단어 몇 개 얻으려 연신 고개를 주억거린다

멀리 상수원 쪽에서 엷은 안개가
지나온 문장들의 배경을
수묵화로 풀어내고 있다

철새 따라 유목의 길을 나선 북풍이
생태공원 갈대숲을 써래질한다
비탈에 숨어 있던 박주가리 씨앗

초승달 날개옷 걸치고
태어나지 않은 기호를 품은 채
하늘하늘 상수원 안개를
밀고 있었다.

벼랑

오로지,
시 한 편 불러내기 위해
두어 시간 차를 몰았네
바다가 보이는 마을
돌무더기 길
30여분 더 걸어
천길 절벽 앞
너럭바위에 섰네

거기,
바다와 하늘이
껴안아 만들어내는
노을이 있었네

세상,
곡진한 시 한 편 만나러
땅 끝까지 갔더니
바다와 하늘이

나 서 있는 벼랑 쪽으로
노을을 밀어 올리고
끌어 올려주고 있었네

말해도 될까요

들어 봐요
바다의 손이 모난 돌
머리를 쓰다듬는 물의 세례

들어 봐요
무지와 몽매를 양손에 쥐고
돌개바람 휘도는 골목마다
짱돌로 내달았던 마음
파도에 닦아내는 소리

처음 바닷가를 찾은
어린아이가 환호성을 지르며
파도가 되어 해안선을 늘려 갈 때
가장 낮게 몸과 마음을 낮추고
파도의 발바닥을 섬기는
모래가 될 때까지

품어 주면 될까요

혹, 안아 주면 안 될까요

바다 같은 사랑으로
받아 주면 안 될까요

등대가 있는 풍경

돌아갈 곳은 멀고, 늘
희미했었네.

마지막엔 한 점
그리움으로 남은
피어리드 하나·····

개나리

눈물 습벅이며
담장을 이루었네

나리들 깊이 잠든
춘설도 스치는 밤

신발 끈
고쳐 매는
전봉준, 혹은
언 사람들,

봄비의 시학
—서대선 시인의 시세계

이 병 철(시인, 문학평론가)

봄비의 시학
—서대선 시인의 시세계

이 병 철(시인, 문학평론가)

인류 문명이 발달할수록 자연은 파괴된다. 문명의 젖줄이었던 강은 축산폐수에 덮여 죽음의 강이 되고, 인간이 버린 독극물을 마신 동물들은 불구와 기형을 낳다 멸종하고, 지구 온난화에 수백만 년 얼어 있던 빙하가 녹고, 플라스틱과 비닐과 깡통과 유리병이 바다로 떠밀려와 거대한 쓰레기 섬을 만든다. 하늘엔 미세먼지가, 강과 바다엔 독극물이, 땅에는 구제역 걸린 가축들의 썩은 시체가 가득하다. 이제는 새삼스럽지도 않다. 미세먼지와 폭염, 한파 예보가 매일 아침 머리맡으로 배달되는 생활, 자연 파괴와 환경오염은 일상에 일찌감치 편입됐다. 인간이 몸속에 암을 키우며 사는 것처럼 지구도 온갖 질병을 떠안고 산다. 아니 죽어간다. 모든 생명은 살면서 죽고, 죽으면서 산다는 명제에 우리는 형용사 하나를 추가해야 한다. '고통스럽게'.

드넓은 몽골 초원이 사막으로 변하고 있다는 뉴스를 보았다. 몽골 지리생태연구소의 발표에 의하면 전체 국토의

78.3퍼센트가 사막화되었다고 한다. 강이 마르고 목초지가 사라지면서 가축들이 죽어가고 유목민들의 삶은 점점 피폐해진다. 모래바람이 지나간 초원은 그야말로 황량한 폐허, 유목민들이 흘리는 눈물로는 마른 땅을 조금도 적실 수 없다. 그 뉴스를 보면서 아베 코보의 소설 「모래의 여자」를 떠올렸다. "평균 1/8mm란 것 외에는 형태조차 제대로 갖고 있지 않은 모래, 그러나 이 무형의 파괴력에 대항할 수 있는 것은 무엇 하나 없다. 어쩌면, 형태를 갖고 있지 않다는 것이야말로, 힘의 절대적인 표현이 아닐까"라는 대목이 섬뜩하다. 모래는 뿔뿔이 흩어진 파편이고 형태조차 갖추지 못했지만 '무형의 파괴력'으로 모든 것을 갉아먹는다.

　사막이 삭막하고 이기적인 각자도생各自圖生 사회의 은유라면, 모래는 파편화되고 개인화된 인간 존재양식의 상징이 아닐까. 개인화된 사회는 합리적이고 세련되어 보이지만, 나눔과 희생, 배려라는 공동체의 미덕들을 파괴하며 세상을 황폐화시키고 있다. 혼밥과 혼술과 1인가구의 시대, 우리는 모두 1인분의 고독을 안고 저마다의 사막으로 걸어 들어가는 사람들이다. 인류 문명이 발달할수록 자연과 함께 인간도 파괴된다. 인간은 지구를 사막으로 만들고, 더 파괴할 것이 없어지니 이제 스스로를 사막화시킨다. 얼마 전 인기를 끈 드라마 〈스카이캐슬〉은 개인의 욕망들로 인해 사막화된 시대를 고스란히 보여주는 르포나 마찬가지였다. 개인을 위해 타인을 파괴한 부모들은 자녀들에게 명문대 진학만이 가치 있는 목표이며, 그 목표를 달성하는 과정에서 또래 친

구들은 모두 짓밟아야 하는 '적'이라고 이야기한다. 부모에 의해 강요된 '사막'을 내면화한 자녀들은 또래 친구를 죽이고, 끝내 스스로를 죽인다. 개인화의 모래바람이 지나간 자리엔 잔혹한 혐오 범죄와 자살 등 죽음만이 남는다.

1. 물의 수용성受容性

분노, 욕심, 열등감, 이기심, 혐오, 차별, 자살과 타살이 모래바람에 풍장風葬된 동물의 뼈처럼 뒹굴고 있는 이 '사막 사회'에 서대선 시인은 우물을 파고 있다. 그녀는 가뭄으로 쩍쩍 갈라진 개인과 개인, 나와 타자 사이의 병든 간극을 '맑은 물'로 채워 치유하고자 한다. 그녀의 시는 "모래 바람 소리만 쓸쓸하던 우물 바닥으로 돌아오고 있는 물"이며, 그녀는 "소리와 소음 사이 침묵과 휴지 사이"를 "별들이 타전하는 우주의 비밀과 태초부터 샘물이 전해주는 이야기"(「웃는 돌」)로 채워 나간다. 그래서 나는 서대선 시인의 시세계를 '봄비의 시학'이라고 명명하는 바다. 봄비는 모든 생명의 마중물이 아닌가. 언 땅을 녹이고, 땅 밑 아지랑이들을 끄집어 올리며, 앙다문 꽃봉오리에 젖을 물리고, 물고기들의 뱃구레를 간질여 산란을 부추긴다. 이번 시집에서 서대선 시인은 삭막하고 황폐한 사막으로 은유된 현대인들의 고통을 봄비처럼 습윤하게 품어 안는다. 그러면서 생명의 예감을 일깨운다. 각자도생 대신 상생相生하자고 다독인다. 인간 존재의 비극적 양상들이 "어디선가 방류된 무허가 독극물에 오염된 그녀의 젖무덤"이나 "우물 마른 사막을 갖게 될 여자"(「무게의 상대성」)와 같은 이미지로 묘사될 때, 그 고통스러운 풍경들은 이내 "머리를 쓰다듬는 물의 세례"(「말해도 될까요」)라든가 "메마른 마음의 들판으로 미리내 물길이 흘러들고 있"(「인동덩굴 속에 파도소리 가득하다」)는 '물 이미지'를 통해 치유와 회복을 입는다.

물은 나무를 자라게 하고, 나무는 새를 불러들이고, 새는 나무의 꽃과 열매를 세상 곳곳에 퍼뜨린다. 나무와 새와 꽃은 모두 물 이미지의 자상磁場 안에 속해 있다. 즉 물은 온갖 생명들이 공생하는 유기체적 우주이며, 이 유기체의 세계는 '흐름'과 '순환'이라는 일정한 질서에 의해 유지된다. 물은 빛과 마찬가지로 만물에게 공통으로 작용한다. 물의 질서에 속한 생물들은 서로 공생하며 조화를 이루고, 그 조화로움을 통해 자연은 "어린 생명 하나 가슴에 안겨 오는 밝은 양지"(「입춘」)를 획득한다. 서대선 시인은 이 물의 질서를 현대인이 회복해야 할 삶터의 원형, 일종의 대안 우주(alternative universe)로 제시한다.

들어 봐요
바다의 손이 모난 돌
머리를 쓰다듬는 물의 세례

들어 봐요
무지와 몽매를 양손에 쥐고
돌개바람 휘도는 골목마다

짱돌로 내달았던 마음
파도에 닦아내는 소리

처음 바닷가를 찾은
어린아이가 환호성을 지르며
파도가 되어 해안선을 늘려 갈 때
가장 낮게 몸과 마음을 낮추고
파도의 발바닥을 섬기는
모래가 될 때까지

품어 주면 될까요
혹, 안아주면 안 될까요

바다 같은 사랑으로
받아 주면 안 될까요
　　　　─「말해도 될까요」 전문

　위의 시는 타자와의 소통을 단절한 채 자기중심적이고 폐
쇄적 자아로 점점 고립되며 사막화되어가는 현대인들에게
"바다 같은 사랑"을 내면화할 것을 요청하고 있다. 해불양수
海不讓水, 바다는 물을 가리지 않는다. 어떠한 물이라도 다
받아들이는 것이 바다의 미덕이다. 바다는 온갖 더러운 것
들을 제 품에 안아 정화하고, 끝내 생명의 가능성으로 되살
려낸다. 타인과의 비교, 경쟁, 갈등으로 인해 현대인들은 타
자에 대한 공격적 태도와 선택적 수용을 인간관계의 기본항
으로 설정하며 스스로 메말라가고 있다. 시인의 눈에는 그
러한 현대인들이 "무지와 몽매를 양손에 쥐고" "짱돌로 내달

았던 마음"을 지닌 '모난 돌'로 보인다. '짱돌'과 '모난 돌'로 서로를 내리치는 수많은 혐오 범죄들은 사막화된 인간 사회의 비극적 풍경이다. 지난해 10월, 서울 강서구의 PC방에서 30살 남성이 "불친절하다"며 20대 아르바이트생을 흉기로 잔혹하게 살해했다. 몇 해 전에는 한 남성이 아파트 외벽 작업자의 핸드폰 음악 소리가 시끄럽다며 옥상으로 올라가 밧줄을 끊어버린 일도 있었다.

단지 불친절하다는 이유로, 시끄럽다는 이유로 사람이 사람을 죽이는 세상에서 시인은 "바다의 손이 모난 돌 머리를 쓰다듬는 물의 세례"와 "짱돌로 내달았던 마음 파도에 닦아내는 소리"를 기억해내자고 촉구한다. "바다 같은 사랑으로 받아주면 안 될까"라고 우리에게 묻는다. 그러면서 '바다'를 회복하는 구체적 방법론으로 "처음 바닷가를 찾은 어린아이가 환호성을 지르며 파도가 되어 해안선을 늘려"가는 천진난만함과 "가장 낮게 몸과 마음을 낮추고 파도의 발바닥을 섬기는 모래"의 겸손함을 제시한다. 세상 모든 것이 다 새롭고 의미로 충만했던 어린 시절의 순수한 마음, 그리고 파도에 몸을 내어주며 해안선의 일부가 되는 것을 기꺼이 마다 하지 않는 '젖은 모래'의 너그러움에 대해 설파한다. 순수함과 너그러움, 즉 타자를 받아들이는 열린 수용의 자세야말로 사막을 생명의 숲과 호수로 만드는 기적의 '봄비'라고, 시인은 말하고 있다.

나무는 팔짱 끼지
않는다

팔꿈치를 올리고
어깨를 젖히며
상대를 제압하려 하지
않는다

나무는 팔짱 끼지
않는다

몸을 둥글게 말아 제 가슴만
움켜잡은 채 자기 연민에 빠지지
않는다

쉬익 쉬익 북풍이
폭주족처럼 달려들어도
사춘기 아이 토닥여 주듯
그래 그래
같이 흔들려 준다

눈 내린 새벽
시린 발 한 쪽씩 털며
먼 들판을 바라보는
겨울새를 위해
나뭇가지를 조금
기울여 준다

시절 인연들 바람처럼
떠나가면 두 팔을
활짝 벌려 하늘을 안아준다
　　　―「품」 전문

'팔짱'은 자기 존재를 타자로부터 보호하려는 방어 자세이다. 지하철에서도, 엘리베이터에서도, 거리에서도 사람들은 팔짱을 낀다. '팔짱'은 방어 자세인 동시에 "팔꿈치를 올리고 어깨를 젖히며 상대를 제압하려"는 공격의 태세이기도 하다. 타인을 '적'으로 간주하는 사회에서 '팔짱'을 낀 사람들은 팔짱 안에 스스로를 가둔다. 타인의 아픔은 외면하거나 무시하면서 오로지 자신의 고통과 슬픔에만 주목한다. '자기연민'은 자기중심적 세계관의 한 표현 방식이자 방어기제로서 나르시시즘적 욕망을 수반한다. 현대인들은 '나'만이 소중하므로 팔짱을 껴 스스로를 보호한다. '나'를 지키기 위해 팔짱을 껴 타자를 공격한다. 사회로부터, 부모로부터 그렇게 할 것을 강요받았기 때문이다. 그 결과 사람들은 타인과 단절된 채 개인화 및 파편화된 사회에서 고독과 끊임없이 싸워야 하는 싸움꾼이 되었다. 저마다 고독과 싸우고, 왜곡된 욕망에 의해 적으로 간주된 타자와 싸우는 사이 세상은 보이지 않는 주먹과 발길질이 난무하는 '격투 사회'가 되었다.

이 폭력의 시대에 시인은 우리에게 '물의 질서'를 다시금 상기시킨다. 모든 것을 받아들이는 바다의 수용성을 지상의 '나무'로 전이시켜 새롭게 이미지화하고 또 의미화하는 것이다. 시인은 나무처럼 팔짱을 풀고, 팔을 활짝 벌려 타자를 수용해야 한다고 주장한다. '나무의 평화론'이라는 관점에서, 이른바 '프리허그'는 사람이 어떻게 나무가 될 수 있는지를 보여주는 모범답안이다. 취업준비생, 입시생, 미혼모, 비정규직 근로자, 다문화 가족, 외국인 노동자, 세월호 유가족

등 세상이라는 사막에 조난된 이들을 우리가 따뜻하게 안아
줄 때, "같이 흔들려 주"는 공감과 "조금 기울여 주"는 배려와
"활짝 벌려 안아주"는 포용, 즉 나무의 유전형질이 우리에게
내면화되어 개인의 사막화는 물론 사회의 사막화도 중단시
킬 수 있을 것이라고 시인은 굳게 믿고 있다.

2. 물의 미메시스(mimesis)

네
위로
나를 포개어 보는
먹물에 흠씬 젖어
네 위에 엎어져 보는
팔만대장경
혹은
월인천강지곡 같은
사람.
　　　—「탁본拓本」전문

　서대선 시인은 바다와 나무가 지닌 물의 성질, 물의 질서를
공동체 회복과 상생의 구체적 방법론으로 제시하면서 그 자
신 역시 물의 수용성, 투명성, 유연성, 유동성, 비경계성, 비
구분성을 시의 구성 원리로 삼는 실천적 태도를 보여준다.
위의 시 「탁본」을 읽으면 서대선 시인이 지향하는 시세계의
윤곽을 짐작할 수 있을 뿐만 아니라 그녀의 시정신이 지닌
뜨거운 온도를 피부로 감각할 수 있다.

'탁본'의 사전적 의미는 "원형 그대로 종이에 뜨는 것"이다. 시인은 대언자, 샤먼, 치유자, 로맨티스트, 리얼리스트, 예언자, 투사이기 전에 뛰어난 탁본가여야 한다. 플라톤과 아리스토텔레스는 이데아(idea)인 자연의 재현, 즉 미메시스를 예술의 본질이라고 말했다. 그렇다. 시는 재현의 예술이다. 자연과 인간, 삶과 죽음 등 이 세계를 텍스트로, 이미지로 재현해낸다. 비가시적인 이데아를 가시적인 것으로 모사하고 복제한다. 시만 그런 것이 아니라 모든 예술은 재현을 수단으로 삼는다. 재현은 인류가 동굴에 벽화를 그리던 먼 과거부터 근대까지를 통틀어 가장 강력하고 확실한 예술의 방법론이었다. 그러나 사진과 영화의 등장으로 인한 '아우라의 상실'은 '재현의 위기'를 촉발시켰고, 상품과 미디어로 이뤄진 오늘날 가상성의 세계에서 재현의 원리는 더 이상 작동하지 않게 되었다. 보드리야르는 이 재현의 위기를 시뮬라시옹이라는 개념으로 설명하면서, 재현이 처음부터 불가능한 것이며, 이 세계는 재현의 오브제인 오리지널이 아예 없는 가상공간이라고 주장했다.

보드리야르의 진단처럼 오늘날 가상성의 세계에서 미메시스는 힘을 잃었다. 이데아가 없으므로 시에도 공허한 난문과 요설, 허무와 멜랑콜리, 본질 없는 형식주의만이 횡행한다. 그러나 서대선 시인은 여전히 미메시스를 신뢰하고, 그 변함없는 믿음에는 예외 없이 물의 질서가 작용한다. 투명한 물은 하늘을 고스란히 반사하고, 산 능선을 그대로 옮겨 비춰낸다. 맑은 호수를 명경明鏡이나 물거울로 부르는 것은 물의 투명성이 사물의 형태를 왜곡 없이 재현하는 까닭이다. 물은 그야말로 미메시스의 장인匠人인 셈이다. 서대선 시인은 '탁본'을 "네 위로 나를 포개어 보는", 또 "네 위에 엎어져 보는" 합일의 행위로 해석한다. 탁본이 물거울처럼 순수하고 정직한 미메시스의 한 방법이라면, 대상 위로 나를 포개고, 대상 위에 엎어지는 합일에의 시도는 자기 중심주의를 버리고 끊임없이 자아를 비워 대상을 받아들이는, 자아를 물처럼 투명하게 만들어 대상과 동화함으로써 재현에 이르려는 타자 지향적 미메시스의 구체적 실천이 된다.

잠이 오지 않는다고
키워보지도 않은
양들만 세지 말고

방 한 귀퉁이
검은 보자기 밑에서
엄마 손길 닿으면
음표가 되어 제 노래를
만들던 시루콩도 있고요

해질녘 멍석 깔린
마당에서
아버지 도리깨질에 통통
튀어 오르던 고소한
들깨 씨앗도 있어요

두근두근 마음

들킬까 고개 숙인 채
보조개가 귀여운 그 애 손 안에
수줍게 떨궈주던 코스모스
씨앗은 어때요

그래도 잠이 오지 않거든
억지로 삼키는 알약 대신
엄마 사랑 가득 품고
내일 아침 식탁에 오를
밥그릇 속 따끈한 밥 알갱이들
식구 밥그릇 수만큼
모두 세어보면 어떨까요
　　　―「양 말고」 전문

　이데아를 모방하고 재현하는 것이 예술인데, 오늘날 예술
가를 자처하는 수많은 사이비似而非 시인들은 이데아 대신
유행하는 경향을 모방하고, 기성을 답습하고, 다른 시인의
작품을 교묘하게 재현해 제것인 양 속인다. 대놓고 표절하
는 것도 문제지만 차별화된 개성 없이 서로 비슷한 작품들만
써내는 몰개성과 상투성이야말로 더 심각한 시단의 병폐다.
미메시스는 대상의 겉모습을 있는 그대로 옮겨 오는 사진술
이 아니라 대상이라는 외부적 풍경을 예술가 자신의 내면 풍
경으로 이동시킨 후 독창적 해석을 통해 새로운 이미지로 재
창조해내는 정신이다. 하늘을 고스란히 옮긴 듯 보이는 강
물이 유속에 의해 굴절되며 수면에 비친 구름을 일그러뜨리
고 태양을 엿가락처럼 늘이는 등 뜻밖의 풍경을 만들어내는

것을 상기할 필요가 있다.

의외성과 다양성은 물의 핵심 성질이다. 무색무취무미無色
無臭無味처럼 보이지만 유속에 따라, 수심에 따라 색도 냄새
도 맛도 천양지차다. 미네랄 함량을 따져보면 물이라고 다
같은 물이 절대 아님을 알 수 있다. 물은 고여 있으면서도 흐
르고, 일정한 방향으로 흐르는 것 같아도 제자리에서 소용돌
이친다. 늘 같은 모습인 것 같지만 쉼 없이 형태를 바꾼다.
일시적이고 우연한 것이면서도 영원히 흐른다. 변화에 유연
하며 이질적인 것들과 융합한다. 한 곳에 정착해 고정불변
하는 대신 새로운 곳을 향해 끊임없이 흐르고 흘러 나무를
자라나게 하고, 숲을 키우고, 마을의 터전이 되며, 이전에 없
던 것을 창조한다. 고정관념과 획일화된 상투성을 견디지
못하는 물의 반골기질, 익숙한 것을 거부하는 그 창조적 사
고야말로 시인이 갖춰야 할 미덕이다.

위의 시 「양 말고」는 획일화와 몰개성, 상투성을 경계하는
서대선 시인의 시의식을 잘 나타내 주는 작품이다. 잠이 오지
않을 때 머릿속으로 양을 세는 것은 매우 오래된, 또 가장 널
리 알려진 수면 유도법이다. 가족이나 친구에게 "잠이 오지
않는다"고 투덜댈 때 흔하게 듣는 말이 바로 "눈 감고 양을 세
어봐"일 것이다. '양 세어보기'는 상투적인 수면 유도법, 시인
은 "잠이 오지 않는다고 키워 보지도 않은 양들만 세지 말고"
"음표가 되어 제 노래를 만들던 시루콩"과 "도리깨질에 통통
튀어 오르던 고소한 들깨 씨앗"과 "보조개가 귀여운 그 애 손
안에 수줍게 떨궈 주던 코스모스"를 세어보자고 권유한다.

'양'이라는 상투성을 버리고 '시루콩'과 '고소한 들깨 씨앗'과 '코스모스'의 의외성 및 다양성을 추구할 것은 물론이고, "키워보지도 않은", 즉 체험의 진정성이 결여된 관습적이고 관념적인 사고에서도 벗어나야 한다고 주장하는 것이다.

> 방금
> 탯줄을 자른
> 신생아
> 두 발목을 쥐고
> 거꾸로 치켜든다
> 커다란 손을 쫘악 펴서
> 도톰한 엉덩이를
> 찰싹
> 때린다
>
> 으앙, 으아앙 ~~~
>
> 범종이 울면
> 부모 마음을 지닌
> 생명들
> 귀가
> 밝아진다
> ──「범종이 울면」 전문

서대선 시인은 위의 시 「범종이 울면」에서도 역시 독창적인 상상력으로 대상의 의미를 전혀 새롭게 바꿔내고 있다. 거꾸로 번쩍 들린 신생아의 모습은 과연 종루에 달린 범종을

연상시키는 데가 있다. 의사의 손이 당목처럼 "도톰한 엉덩이를 찰싹 때릴" 때, 신생아가 터뜨리는 울음은 범종 소리가 되어 우렁차게 퍼져 나간다. 갓 세상에 나온 아기가 스스로 자기존재의 탄생을 알리는 그 울음은 마치 부처의 사랑과 자비처럼 "부모 마음을 지닌 생명들"에게 흘러가는데, 시인의 탁월한 해석은 아이와 범종이 각각 지닌 신화적 기의에까지가 닿으며 '에밀레종 이야기'를 환기시키기도 한다. 좋은 시는 이처럼 중층적이고 또 다층적이며 담아내는 사유의 폭이 광활한 법이다. 그 활달한 종횡무진의 상상력은 "하얀 기저귀 안에/ 아기가 내놓은 선물/ 경단 같기도/ 금빛 메추리알 같기도 한/ 아기 똥"(「아기 똥」)의 대목에서도 빛난다. '똥'이 '경단'이 되고 '금빛 메추리알'이 될 수 있다니! 뛰어난 시는 똥을 경단으로 변화시킨다. 대상의 본질을 전혀 뜻밖의 것으로 바꿈으로서 대상이 지닌 잠재태의 가능성을 극대화한다. 대상의 특징을 집요하게 묘파하여 아직 발견되지 않은 의미의 가능성을 채굴해내 시로 형상화하는 노력이야말로 우리 시가 회복해야 할 미메시스의 정신이 아닐까.

3. 물의 확산성

꽃이 아니면
어때,

천수관음
천 개 손 뻗은

나무 아니면
어때,

그대
언 발
감싸줄 수만 있다면…
— 「이끼」 전문

　앞에서 봄비를 생명의 마중물이라고 적었다. 봄비는 여름
철 폭우나 소나기처럼 맹렬하게 쏟아지는 법이 없다. 는개처
럼 자분자분 내리면서도 해빙이 꼭 필요한 자연의 품마다 살
가운 강아지처럼 달려가 안긴다. 적은 강수량으로도 봄비는
아지랑이와 꽃대를 뽑아 올리고, 멈춘 계곡물을 흐르게 하며,
계절의 체온을 상승시킨다. 서대선 시인의 시를 '봄비의 시
학'이라고 명명한 것은 그녀가 지향하는 시의 가치와 효용이
따뜻한 위로 그리고 사랑에 있는 까닭이다. 한 방울의 물은
죽어가는 사람을 살릴 수 있다. 잠깐 내리는 비일지라도 건기
의 초원을 푸르게 적셔 동물과 사람과 자연을 모두 소생시킨
다. 나뭇잎에서 한두 방울씩 떨어져 내리는 빗물은 골짜기의
이슬방울들과 함께 몸을 키워 마침내 강을 이룬다.
　위에 인용한 「이끼」는 서대선 시인의 시적 지향점을 가늠
하게 하는 작품이다. 대부분의 시인들은 자신의 시가 '꽃'이
되길 희망한다. 수많은 사람들에게 가 닿을 수 있는 '천수관
음'이 되길 바란다. 그러나 서대선 시인은 '꽃'도 '천수관음'도
마다 한다. 화려한 주목도, 대중의 관심도 원하지 않는다.

그저 "그대 언 발 감싸줄 수만 있다"면 충분하다고 말한다. 그녀의 시는 엄혹한 세상살이에 마음이 얼어붙은 이, 외롭고 쓸쓸한 이, 위로와 사랑이 필요한 이, 그 한 사람에게 봄비처럼 스며들어 언 곳을 녹이고, 빈 곳을 채우고, 생채기 난 곳을 쓰다듬는다.

> 번개다
> 천둥이다
>
> 벼락을
> 삼켰다
> ―「첫 키스」 전문

　홍수나 해일 같은 큰물은 파괴하고 죽이지만, 봄비나 시냇물처럼 작은 물은 회복시키고 살린다. 여기서 '물'을 '말'로 바꿔보자. 서대선 시인이 지향하는 봄비의 시학은 이른바 '물의 확산성'을 그 핵심 동력으로 삼는데, 그것은 그녀의 시 창작 원리에도 적용된다. 시의 말은 많을수록 시를 파괴한다. 시는 본래 함축과 절제의 언어 예술이다. "번개다/ 천둥이다// 벼락을/ 삼켰다"는 단 네 줄, 열세 글자의 이 시보다 '첫 키스'의 짜릿한 쾌감을 잘 표현한 시를 나는 읽은 바 없다. 첫 키스가 그러하듯 시도 역시 번개이며 천둥이다. 벼락같이 번쩍이는 사유와 직관이 시적 대상의 본질과 시인의 깊은 무의식을 잠시 비출 때, 그 찰나의 광휘를 언어로 옮기는 것이 시이기 때문이다. 찰나를 기록하는 말은 장광설이 결코 아니다. 짧은 한 호흡의 언어야말로 순간을 영원으로 쏘아 올리는 불꽃이 되는 법이다.

눈 내린 새벽

남의 집 살러가는
열두 살 계집아이
등 뒤로

눈 속에 묻히는
작은 발자국

멀리서 대문 닫아 거는 소리
　　　―「꽃다지」 전문

이 시는 또 어떤가. 좋은 시가 갖춰야 할 모든 미덕이 이 짧은 시 한 편에 있다. "남의 집 살러가는 열두 살 계집아이"는 가난으로 인해 가족과 헤어져 부잣집에 입양되거나 식모살이 하러 가는 길이다. '눈 내린 새벽'을 걷는 '계집아이 등 뒤로' 그 아이가 찍어놓은 '작은 발자국'이 눈 속에 묻힌다. 이제 다시는 집으로 돌아갈 수 없다. '멀리서 대문 닫아 거는 소리', 매정하게 대문을 닫아야만 하는 가난한 부모는 남루한 방에서 얼마나 울었을까. 홀로 새벽길을 걸어가는 열두 살 계집아이가 훌쩍이는 눈물 콧물은 추위에 얼어붙어 별빛처럼 반짝였을 것이다. 좋은 시는 자기 스스로 많은 말을 하지 않는다. 조금만 말하면서 독자로 하여금 많은 이야기를 유추하게 한다. 단 몇 줄의 문장들이 무수한 서사와 감정과 정서와 장면들을 거느린다. 이 시는 이미지즘 기법을 통해 생략과 여백의 효과를 극대화시키는 박용래 시인의 시를 연상케 한다.

　서대선 시인의 시는 간결한 말로 깊고 큰 울림을 일으키는 언어미학을 통해 미적 완결성을 이뤄낸다. 그녀의 시는 많은 말을 하지 않는다. 말하지 않고서도 말하는 법을 알고 있기 때문이다. 시는 아름다운 현상, 아름다움의 가치, 아름다움에의 체험을 '말'이라는 그릇에 담아내는 예술이다. 모든 아름다움은 자신의 내부 속으로 시인을 끌어당겨 침잠시키고, 시인은 오감과 사상으로 전유한 아름다움의 질량을 자신의 언어 안에 고밀도로 압축해 낸다. 이때 그릇이 커야 많은 것을 담을 수 있다고 오해하기 쉽다. 그러나 그릇이 클수록 난삽하고 오염된 더께들까지 함께 담기기 십상이다. 아름다운 시는 작은 그릇에 세계의 정수만을 담아낸다. 서대선 시인은 언어의 경제적 운용을 통해 관념은 함축하고, 이미지는 증폭시키며, 정서의 파동까지 두루 이루는 시인이다.

4. 봄비의 감동

불면과 신경안정제를 삼키며
신생의 말들을 찾아
푸른 돌에 이마를 찧는 사내

낡은 자켓 주머니 속
신경안정제 알마다

삐그덕거리는 불면의 말들

불면으로 갉아 낸
뼛속마다
다리가 세 개뿐인 말발굽 소리

절룩거리며
말들의 사막을 짊어지고
캄캄한 우주 건널 때

칸델라를 든 외눈박이 마음
다리가 세 개뿐인 너의 한 쪽
다리가 되어
은하수를 건넌다
　　　—「너의 한 쪽 다리가 되어」전문

　그러나 아무리 미학적으로 뛰어난 작품이라고 해도 감동적
인 한 편의 시를 이길 수는 없다. 가장 잘 쓰인 시는 감동을
주는 시다. 길고도 길었던 겨울이 끝나고 새봄을 알리는 비
가 사람들을 감동시키는 것처럼, 서대선 시인의 시는 각박하
고 메마른 현대인들의 가슴을 촉촉한 감동의 빗방울로 적신
다. 여러 편의 시를 인용할 필요 없이 위의 시「너의 한쪽 다
리가 되어」한 편이면 충분하다.

　"불면과 신경안정제를 삼키며/ 신생의 말들을 찾아/ 푸른
돌에 이마를 찧는 사내"는 시인의 남편인 이건청 시인이다.
서대선 시인과 이건청 시인은 우리 시단을 대표하는 시인 부
부다. 한없이 온화하고 인자한 이건청 시인도, 그 너그러운

미소 뒤에 불면과 신경 불안을 늘 감춘 채 '돌에 이마를 찧는' 고통에 매일 밤마다 몸부림쳐왔다는 사실에 나는 새삼 놀란다. 시인이기 때문에, '신생의 말들을 찾아'야 하는 시인의 운명을 거부할 수 없기 때문에 그는 오랜 세월 뼈를 깎는 고통을 감내해왔을 것이다.

　최초의 완전한 영감인 시니피에는 언어로 형상화되는 과정에서 언어의 한계성, 시니피앙에 의해 절단되고 왜곡, 변형되어버리고 만다. 시니피에와 시니피앙 사이에서 끝없이 추락을 반복해야만 하는 시인은 늘 불완전할 수밖에 없는 불구적 존재이다. 사랑이 불완전한 두 사람이 만나 성숙해지는 과정인 것처럼, 시 역시 불완전한 대상과 불완전한 시인이 만나 완전함을 이루는 일이다. 서대선 시인은 언어의 한계 앞에 절망하는 남편을 "절룩거리며/ 말들의 사막을 짊어지고/ 캄캄한 우주 건너"는 "다리가 세 개뿐인 말"로 묘사한다. 그리고 "칸델라를 든 외눈박이"인 자신 역시 불완전한 존재임을 고백한다. 하지만 그녀는 그 불완전함에 결코 굴복하거나 좌절하지 않는다. 오히려 '나'의 불완전함이 '너'의 불완전함을 끝내 완전함으로 채우게 될 것을 신뢰하며, "다리가 세 개뿐인 너의 한 쪽/ 다리가 되어" 남편과 함께 광막한 시의 '은하수를 건넌'다. 이토록 애틋하고 아름다운 사랑이 또 어디 있을까. 이토록 순정한 믿음과 헌신이 또 어디 있을까. 서로가 서로의 빈 곳을 채우는 순간 사랑이 완성되고, 시가 탄생한다.

　이 세계가 자아와 일대 일 대응하는 모든 관계들의 총체라면, 나도 세계도 다 불완전한 불구라면, 세계를 내 쪽으로 흘러오게 하고, 내가 또 세계로 흘러가 서로의 빈 곳을 채우는 비경계·비구분의 커뮤니케이션과 타자 지향·타자 수용의 자세는 나와 세계를 조화롭게 하여 완전한 우주를 이루는 아날로지(analogy)의 구체적 방법론일 것이다. 서대선 시인은 외롭고 쓸쓸한 타자, 상처 입고 고통스러워하는 타자, 불완전한 타자의 아픔을 발견하고 그것을 치유하기 위해 타자의 품으로 봄비처럼 흘러든다. 타자의 이질성을 수용하고, 타자의 고유한 아름다움을 재현하며, 사랑과 위로를 확산시켜 감동을 획득할 때, 그녀의 시는 마침내 치유와 회복의 언어로 완성된다. 이제 우리는 서대선 시인을 마땅히 '봄비의 시인'이라 불러야 할 것이다. 긴 겨울이 끝나간다. 봄비가 머지 않았다.

빙하는 왜 푸른가

서대선 시집

초판1쇄 2019년 3월 20일

지은이 서대선
펴낸이 김종해
펴낸곳 문학세계사

주소 서울시 마포구 신수로 59-1, 2층(04087)
전화 02-702-1800
팩스 02-702-0084
이메일 mail@msp21.co.kr
홈페이지 www.msp21.co.kr
페이스북 www.facebook.com/munsebooks
출판등록 제21-108호(1979. 5. 16)

값 10,000원
ISBN 978-89-7075-904-3 03810
ⓒ서대선, 2019

이 도서의 국립중앙도서관 출판예정도서목록(CIP)은 서지정보유통지원시스템
홈페이지(http://seoji.nl.go.kr)와 국가자료종합목록시스템(http://www.nl.go.kr/
kolisnet)에서 이용하실 수 있습니다. (CIP제어번호 : CIP2019006688)